Analyse de l'œuvre

Par Johanne Boursoit
et Johanna Biehler

Le Malade imaginaire

de Molière

lePetitLittéraire.fr

Rendez-vous sur lepetitlitteraire.fr et découvrez :

Plus de 1200 analyses
Claires et synthétiques
Téléchargeables en 30 secondes
À imprimer chez soi

MOLIÈRE

DRAMATURGE, COMÉDIEN ET CHEF DE TROUPE FRANÇAIS

- **Né en 1622 à Paris**
- **Décédé en 1673 dans la même ville**
- **Quelques-unes de ses œuvres :**
  - *Dom Juan* (1665), comédie
  - *L'Avare* (1668), comédie
  - *Le Bourgeois gentilhomme* (1670), comédie-ballet

À la fois auteur, metteur en scène, directeur de troupe et comédien, Molière (de son vrai nom Jean-Baptiste Poquelin) nait à Paris en 1622 dans la bourgeoisie aisée. Il s'oriente très tôt vers le théâtre et fonde avec la comédienne Madeleine Béjart (1618-1672) la troupe de l'Illustre-Théâtre. Après douze ans de théâtre itinérant en province, il revient à Paris où il est remarqué par Louis XIV (roi de France, 1638-1715) qui le prend à son service.

Il écrit essentiellement des comédies dans lesquelles, sous le couvert du rire, il met au jour les défauts de ses contemporains (la préciosité, le pédantisme, l'avarice, etc.) et critique la société du XVIIe siècle (les pères autoritaires, les faux dévots, les médecins charlatans, etc.) Ses nombreuses pièces exercent encore aujourd'hui une influence considérable et font de Molière un auteur majeur du siècle classique.

LE MALADE IMAGINAIRE

UN RIRE SUR LA MORT

- **Genre :** comédie-ballet
- **Édition de référence :** *Le Malade imaginaire*, Paris, Librio, coll. « Théâtre », 2009, 93 p.
- **1ʳᵉ édition :** 1673
- **Thématiques :** mariage, ruse, médecins, hypocondrie, mort

Pièce représentée pour la première fois en 1673, *Le Malade imaginaire* est la dernière comédie écrite par Molière. Œuvre en trois actes mêlant musique et danses, elle relate les mésaventures d'un couple empêché de s'unir car le père de la jeune fille, Argan, hypocondriaque, souhaite la voir épouser un médecin.

RÉSUMÉ

ACTE I

Scènes I-III

Argan, hypocondriaque, fait les comptes de ses dépenses en médicaments, puis appelle sa servante, Toinette.

La domestique entre ; son maitre la querelle parce qu'elle a trainé. Elle prévient Argan que son médecin et son apothicaire profitent de sa fortune. Il fait venir sa fille, Angélique, pour lui annoncer une nouvelle, mais s'éclipse pour un soin.

Scène IV

Angélique a rencontré Cléante une semaine auparavant. Elle vante à Toinette les mérites du jeune homme, lui confie les sentiments qu'elle lui porte et exprime les doutes qui l'habitent quant à la profondeur de l'amour que Cléante prétend éprouver pour elle. La situation est rapidement clarifiée : le jeune homme affirme vouloir épouser Angélique.

Scène V

Argan revient et annonce à sa fille qu'un homme la demande en mariage. Elle y consent, pensant qu'il s'agit de Cléante, mais elle découvre que la proposition émane de Thomas Diafoirus, neveu de M. Purgon, le médecin d'Argan. Le malade imaginaire veut s'entourer d'hommes de médecine, et, justement, le prétendant doit être nommé médecin trois jours plus tard. Toinette tente de raisonner Argan, sans succès.

Scènes VI-VII

L'épouse du malade, Béline, réconforte son mari, contrarié de l'altercation née du refus d'Angélique. Argan souhaite rédiger son testament principalement en faveur de sa femme. Béline prétend ne pas vouloir y songer, mais a amené son notaire, M. Bonnefoy.

L'unique moyen, selon le notaire, pour que Béline hérite d'Argan, réside en un legs du vivant du testamentaire. Argan prend donc ses dispositions.

Scène VIII

Angélique et Toinette ne sont pas dupes du jeu de Béline, qui veut déshériter ses belles-filles. Pour déjouer ce stratagème, Toinette doit d'abord se faire apprécier d'Argan et de sa femme. En outre, la domestique s'engage à prévenir Cléante de l'union projetée pour Angélique.

Premier intermède

La scène mêle des chants et des danses. Polichinelle chante une sérénade à sa belle, Toinette, mais il est interrompu par des violons. Tout le guet se met à sa poursuite, l'attrape, et le punit par des coups. Polichinelle, ne les supportant pas, donne un pourboire à la troupe réjouie.

ACTE II

Scène I

Chez Argan, sous les traits d'un envoyé du maitre de musique d'Angélique, Cléante s'enquiert des sentiments de celle-ci.

Scènes II-V

Tous sont réunis dans la chambre d'Argan. M. Diafoirus et son fils, Thomas, arrivent. Sous les moqueries déguisées de Toinette, ils échangent des compliments et Diafoirus vante les mérites de son fils. Cléante et Angélique entonnent une scène d'opéra improvisée dont les personnages centraux, un berger et une bergère, s'aiment, mais ne peuvent s'unir car le père de la jeune fille entend la marier à un jeune homme qui la répugne. Argan reste insensible à cet opéra et congédie Cléante.

Scène VI

Béline entre en scène. Angélique demande un peu de temps avant le mariage. Mais ni son père ni Thomas Diafoirus, intéressé uniquement par ses avantages, ne désirent lui octroyer ce délai. Angélique se dispute également avec Béline et lui fait comprendre qu'elle connait la raison de son attrait pour Argan : son héritage. Les médecins, père et fils, s'en vont après avoir examiné Argan.

Scènes VII-VIII

Béline et Louison, la jeune sœur d'Angélique, ont vu Cléante dans la chambre d'Angélique. La cadette, sous la menace, raconte à son père ce qu'elle sait de la relation entre sa sœur et Cléante.

Scène IX

Béralde, le frère d'Argan, lui rend visite afin de lui proposer un parti pour Angélique. Ce dernier se dit trop faible pour écouter pareille nouvelle.

Second intermède

Béralde, afin de divertir son frère, lui a amené des comédiens venus d'Égypte qui, vêtus en Mores, exécutent des danses entremêlées de chansons sur le thème de l'amour et de la jeunesse.

ACTE III

Scènes I-II

Béralde a un plan pour montrer à Argan son erreur, celle de vouloir marier Angélique à Thomas Diafoirus. Il en informe Toinette. Par la même occasion, Béralde fait réaliser à son frère que les médecins profitent de lui.

Scène III

Béralde tente de raisonner Argan. Selon lui, les médecins ne savent pas mieux que les autres guérir les malades. Il faudrait même avoir une santé de fer pour supporter leurs remèdes. Il conseille aussi à son frère de se divertir en allant voir les comédies de Molière traitant du sujet. Argan s'y refuse et critique vivement Molière pour oser se moquer des médecins. Finalement, Béralde intercède en la faveur d'Angélique : Argan devrait céder à l'inclination de sa fille puisqu'un mariage dure toute une vie.

Scènes IV-V

Devant M. Fleurant, l'apothicaire d'Argan, Béralde remet en question l'utilité des médecins et de leurs ordonnances.

Argan ne prend pas le remède recommandé par son médecin. Ce dernier entre en scène et se fâche. Il abandonne Argan à son sort et lui souhaite les pires maladies.

Scènes VI-X

Béralde réconforte son frère tandis qu'un nouveau médecin demande à voir Argan : il s'agit de Toinette, costumée.

Celle-ci, déguisée, ausculte Argan et lui trouve un problème au poumon (quand Purgon lui avait détecté un mauvais foie et Diafoirus une rate déficiente). Elle lui conseille de se faire couper un bras et crever un œil et lui promet d'autres visites. Le malade est très dubitatif.

Scène XI

Béralde dit à nouveau à son frère l'importance de laisser à Angélique le choix de son époux, l'inutilité de son entêtement pour la médecine et, enfin, la façon dont Béline le manipule. Toinette, feignant toujours son accord avec Argan, s'oppose à cette dernière affirmation et, pour prouver les bons sentiments de Béline, met en scène la mort de son maitre.

Scènes XII-XIII

Lorsqu'elle apprend la nouvelle, Béline éprouve joie et soulagement. À présent, explique-t-elle à Toinette, elle n'a plus que quelques papiers à régler pour toucher son héritage. Argan se redresse : il connait à présent les vrais sentiments de son épouse. Angélique arrive et la compagnie décide de lui jouer le même tour. La jeune fille exprime alors une immense tristesse.

Scène XIV

Cléante revient afin de convaincre Argan de lui accorder la main de sa fille et trouve Angélique dans un état de profond chagrin. Celle-ci ne prétend plus l'épouser : elle veut entrer au couvent, selon la volonté de son père.

Argan se manifeste. Après quelques effusions de bons sentiments et l'appui de Béralde et de Toinette, le malade accepte l'union de des deux jeunes gens, à la condition que Cléante devienne médecin. Il est également décidé qu'Argan sera lui-même fait médecin le soir même, au cours d'une cérémonie menée par une connaissance de Béralde. Ce dernier ignore cependant qu'il s'agira d'un pur divertissement mené par des comédiens.

Troisième intermède

Comédie burlesque mêlant récit, chant et danse, sur le thème d'un homme (Argan) qu'on nomme médecin. Le texte est composé de mots prétendument latins.

ÉTUDE DES PERSONNAGES

ARGAN

Argan est un malade imaginaire toujours entouré de son médecin ou occupé à ses soins. Il souhaite que sa fille, Angélique, épouse Thomas Diafoirus, futur médecin, afin de tenir au plus proche la source de ses remèdes. Son hypocondrie l'aveugle au point de se laisser abuser par les hommes de science.

En plus d'Angélique, Argan a une fille cadette, Louison, et une seconde épouse, Béline, qui l'aime pour son argent.

BÉLINE

Béline est la seconde femme d'Argan, plus jeune que lui. Hypocrite, elle feint d'aimer son époux et d'en prendre grand soin, mais, en réalité, elle attend sa mort pour toucher son héritage. À cette fin, elle prend ses dispositions auprès d'un notaire complice et souhaite envoyer ses deux belles-filles au couvent.

ANGÉLIQUE

Angélique, fille ainée d'Argan, est très amoureuse de Cléante, qui l'aime aussi. Elle affirme préférer la mort à une union avec Thomas Diafoirus, le prétendant qu'Argan lui destine. Elle aime profondément son père et est très proche de Toinette, sa domestique, confidente et conseillère. Dans sa quête pour épouser Cléante, elle compte deux alliés :

Toinette et Béralde, son oncle.

LOUISON

Louison est la fille cadette d'Argan et la sœur d'Angélique. Rusée, elle tente de couvrir la visite que Cléante rend à Angélique.

TOINETTE

Toinette est la servante d'Argan. Elle est rusée, adroite, soigneuse, diligente et fidèle, mais aussi impertinente. Elle conseille et soutient Angélique dans ses affaires de cœur. Elle monte un jeu de rôles pour qu'Argan réalise qui sont ses véritables amis.

BÉRALDE

Béralde est le frère d'Argan. Sensé, il n'apprécie guère les médecins qui, selon lui, ne savent pas guérir. Il affectionne les comédies, dont il fait profiter son frère. Il conseille à Argan de voir les œuvres de Molière et intercède en la faveur de sa nièce, Angélique.

CLÉANTE

L'amant d'Angélique, Cléante, est beau et courageux. Il rencontre Angélique alors qu'il prend sa défense. Profondément amoureux d'elle, il se prétend maitre de musique pour lui rendre visite et se fera médecin pour qu'Argan lui confie sa main.

LE CORPS MÉDICAL

- **M. Diafoirus** est le médecin d'Argan et le père de Thomas. C'est l'archétype du médecin selon Molière : imbu de lui-même et obstiné, à l'esprit fermé à la nouveauté. Il apparait toujours accompagné de son fils.
- **Thomas Diafoirus**, le fils de M. Diafoirus, est médecin lui aussi. Une didascalie (acte II, scène v) le présente comme « un grand benêt, nouvellement sorti des Écoles, qui fait toutes choses de mauvaise grâce et à contretemps ». Bien qu'il soit un jeune homme, il se positionne pour le respect des Anciens dans le débat qui agite le milieu médical comme en témoigne son étude qui va à l'encontre des découvertes récentes à propos de la circulation sanguine. Son père le présente comme dépourvu d'imagination, peu éveillé. Ses fiançailles avec Angélique sont arrangées par leur père respectif. Le fait qu'elle ne soit pas amoureuse de lui ne lui pose aucun problème.
- **M. Purgon** est un autre médecin d'Argan. C'est l'oncle de Thomas Diafoirus. Quand Argan tente de convaincre sa fille des avantages de ce mariage arrangé, il en parle comme d'un homme riche et sans famille (mis à part son neveu) qui « lui donne tout son bien, en faveur de ce mariage » (acte I, scène v).
- **M. Fleurant** est apothicaire. Il n'apparait qu'une seule fois (acte III, scène IV), bien décidé à administrer son clystère, soigneusement élaboré, à Argan. Il semble furieux quand Béralde demande à remettre le lavement et part se plaindre auprès de M. Purgon.

Les médecins de l'époque portent des vêtements noirs

et amples accompagnés de hauts chapeaux qui les font ressembler à des croquemorts, un moyen détourné pour Molière de se moquer de la médecine. De plus, les noms choisis par l'auteur sont des jeux de mots établis à partir de leur spécialité : M. Purgon recommande des « purges », l'apothicaire brandit son clystère tel un fleuret. Le nom « Diafoirus » est le plus élaboré d'après le professeur de littérature Alain Lanavère : « Il leur a inventé un superbe patronyme : du grec (dia à travers), du latin (-us), et, entre deux, foire, qui en bon français signifie « flux de ventre » (cf. le moderne et argotique : foireux). » (LANAVÈRE A., « Commentaire », in MOLIÈRE, *Le Malade imaginaire*, p. 150.)

CLÉS DE LECTURE

LA COMÉDIE-BALLET

Nicolas Fouquet (1615-1680) surintendant aux finances de Louis XIV, fait donner le 17 aout 1661 un grand divertissement pour le roi à Vaux-le-Vicomte. Molière est chargé de coordonner les spectacles. Il crée *Les Fâcheux* en collaboration avec Pierre Beauchamp (maitre de ballet, 1631-1705) et Jean-Baptiste Lully (compositeur italien naturalisé français, 1632-1684). C'est à cette occasion qu'il imagine une nouvelle pratique scénique, inédite : la comédie-ballet. Celle-ci aura une existence bien courte car elle nait en 1661 et tombe en désuétude douze ans plus tard. L'auteur lui-même ne donne pas de nom particulier à ce mélange des arts de la scène, il se contente de l'appeler « comédie ». L'expression « comédie-ballet » apparait pour la première fois en 1682 dans les *Œuvres* de Molière pour désigner *Monsieur de Pourceaugnac*. Elle devient couramment utilisée à partir de 1734.

Elle nait pour permettre aux danseurs de se changer entre deux entrées. Les tableaux dansés sont donc séparés par des scènes de comédie, et les deux arts ne sont pas liés.

L'idée qui donne véritablement naissance à ce nouveau genre est de raconter une même histoire grâce aux comédiens, aux chanteurs et aux danseurs. La comédie-ballet peut se définir comme une œuvre dramatique (jouée), lyrique (chantée) et chorégraphique (dansée). Pour Molière, il s'agit de faire « une seule chose du ballet et de la comédie » (extrait de l'« Avertissement » qui précède le texte des *Fâcheux*).

La toute première et véritable comédie-ballet, *Les Fâcheux* (1661), est ainsi construite sur une alternance de tableaux mettant en scène des « fâcheux parlant » et des « fâcheux dansant » qui contribue, tous, à raconter une seule et même histoire. Molière prend le risque de rédiger un avertissement à son texte – inhabituel pour lui – dans lequel il reconnait qu'il s'agit là d'« un mélange nouveau pour nos théâtres ». Il essaiera à plusieurs reprises (dans *Le Bourgeois gentilhomme*, *Les Amants magnifiques* ou encore *George Dandin*) de créer une harmonie entre danse et théâtre. Cette recherche esthétique trouve son apothéose avec sa dernière pièce, *Le Malade imaginaire*, présentée comme une « comédie mêlée de musique et de danses » (Molière n'utilise pas l'expression « comédie-ballet »).

Ce spectacle total, dont Donneau de Visé (écrivain français, 1638-1710) estimait qu'il ne fallait « rien attendre que de beau » (*Le Mercure galant*, tome III, 1673)., n'aura malheu-reusement pas le brillant avenir que l'on pouvait lui prédire.

UNE COMÉDIE-BALLET DEVENUE COMÉDIE

Durant une dizaine d'années, Molière travaille avec Lully, mais celui-ci a d'autres ambitions : il veut imposer l'opéra, art d'origine italienne, en France et a besoin, pour cela de la bienveillance royale. Il obtient le 14 mars 1672 le monopole des spectacles musicaux. Molière met fin à leur collaboration et s'associe avec le compositeur Marc-Antoine Charpentier (1643-1704) chargé d'écrire les partitions des créations à venir.

Cependant, Molière disparait le 17 février 1673 après

seulement quatre représentations du *Malade imaginaire*. L'Illustre-Théâtre continue de jouer la pièce, mais elle est fragilisée par le décès de son créateur. Bien qu'il continue à jouer la comédie-ballet, la mise en scène fastueuse est extrêmement couteuse et les recettes peinent à financer le spectacle. Les comédiens passent alors une nouvelle commande auprès de Charpentier pour des musiques plus sobres, qui demandent moins de musiciens.

Le déclin de la pièce ne fait que commencer. Les gouts du public changent, il n'apprécie plus cette débauche d'effets spectaculaires. L'habitude est prise de supprimer le prologue et les intermèdes. Seule la cérémonie finale continue à être représentée. De la création de Molière, il ne reste que le texte. Peut-on alors toujours parler de « comédie-ballet » ? Il ne reste plus que le terme de comédie qui s'applique toujours à la pièce.

Le Malade imaginaire est considéré comme la pièce la plus autobiographique de Molière, la dernière œuvre d'un homme qui se sait malade et se met en scène. La comédie devient alors un drame, Argan est un malade qui n'a plus rien d'imaginaire car Molière, qui a créé le rôle et le joue, était réellement malade. Le propos est véritablement trahi, pris à contresens : cela n'est plus une comédie et les représentations semblent mettre en scène une tout autre pièce.

Deux interprétations se côtoient actuellement à propos de la pièce : Argan est réellement malade, malmené par une famille qui ne le comprend pas et abusé par des médecins peu scrupuleux. C'est l'idée privilégiée par les tenants d'une interprétation « biographique ». À l'inverse, la critique qui cherche à « respecter » la volonté de l'auteur considère cette pièce comme une comédie mettant en scène un grand hypocondriaque, un cas clinique au sens médical du terme dont la maladie n'existe que dans son esprit. Selon l'interprétation choisie par le metteur en scène, la représentation bascule soit du côté du drame, soit du côté de la comédie.

Aujourd'hui, nous assistons à une véritable réhabilitation du *Malade imaginaire* en tant que « comédie-ballet ». En effet, les metteurs en scène contemporains redécouvrent les partitions musicales et les réintègrent dans leurs représentations, donnant à voir *Le Malade imaginaire* tel que voulu par Molière.

LA COMÉDIE D'INTRIGUE

Dans presque toutes ses œuvres, Molière respecte la structure traditionnelle de la comédie d'intrigue : le mariage d'amour d'une jeune fille est contrarié par ses parents. En général, le personnage qui s'oppose à l'union est un maniaque aveuglé par ses travers et l'action a pour but de mettre en lumière les défauts et les aspects ridicules de son caractère.

Le Malade imaginaire respecte ce schéma à la lettre : Argan, hypocondriaque, refuse qu'Angélique épouse Cléante et lui préfère un médecin, afin d'avoir à sa portée la source de ses remèdes.

Les personnages

Les personnages peuvent être répartis en trois catégories :

- les parents contrarient le mariage de leurs enfants et veulent leur en imposer un autre afin de satisfaire à une idée fixe. Argan affirme au sujet d'Angélique :

  > « C'est pour moi que je lui donne ce médecin ; et une fille de bon naturel doit être ravie d'épouser ce qui est utile à la santé de son père. » (p. 25)

- les exploiteurs tournent autour du maniaque et tentent de tirer profit de celui-ci. Ils sont d'habiles hypocrites qui se jouent d'une personne qu'ils connaissent bien. Ainsi, l'avide Béline conforte Argan dans sa maladie imaginaire afin d'obtenir son héritage ;
- le parti du bon sens est composé du couple des amoureux menacés, soutenus par des personnes raisonnables, dans ce cas-ci, Béralde. Le rôle de ces personnages comporte toujours une tirade moralisatrice. Dans le troisième acte, Béralde fait la leçon à Argan : il n'est pas malade et les médecins ne savent pas guérir ;
- l'opposition aux maniaques est le plus souvent menée par une servante (ou un valet) impertinente et rusée. Dans l'œuvre étudiée, Toinette contredit ouvertement Argan (p. 22) et, par un stratagème, démasque Béline (p. 83).

Le dénouement

Logiquement, beaucoup d'intrigues de Molière devraient se muer en drames. Argan, par exemple, devrait être ruiné par sa femme et ses médecins. Mais le genre de la comédie demande un dénouement heureux, où les méchants sont punis et les gentils récompensés. De plus, Molière tient à montrer le triomphe de la paix domestique et de la raison.

Pour ces deux motifs, l'auteur recourt à une conclusion artificielle telle que le stratagème ou le coup de théâtre.

Ainsi, Toinette et Béralde persuadent Argan de donner sa fille à Cléante, futur médecin, et à se faire médecin lui-même. La pièce se termine dans l'euphorie d'un ballet qui dissimule l'invraisemblance du dénouement. Cependant, le remède proposé (révélation des réels sentiments de Béline et de l'incapacité des médecins) ne suffit pas à déraciner un mal aussi profond que l'hypocondrie d'Argan. Au terme de la pièce, Argan restera obligatoirement hypocondriaque. Cette fin, qui n'est pas tout à fait heureuse, laisse au spectateur, une fois qu'il a ri, une impression de pessimisme.

MOLIÈRE, PEINTRE DE SON SIÈCLE

Dans toute son œuvre, l'auteur du *Malade imaginaire* s'est employé à railler non seulement les mœurs, mais aussi des personnages typiques de son siècle :

- la peinture de la société. La plupart des intrigues naissent dans des milieux que Molière a bien observés. Il décrit des personnages marqués par leur métier ou leur condition. Avec Argan, nous pénétrons dans le monde de la bourgeoisie aisée à laquelle appartiennent, entre autres, des intellectuels comme les médecins, les apothicaires et les notaires. Molière, malade de bonne heure, a l'occasion d'observer les médecins de son siècle, qu'il n'apprécie guère. Par l'intermédiaire de Béralde, il critique sans retenue le corps médical ;
- la peinture de caractères. Molière avait à cœur de

« peindre d'après nature » : il voulait que ses portraits ressemblent à des êtres humains, que chacun puisse s'y reconnaitre. Remarquons que nombre de ses personnages sont devenus des archétypes : ne dit-on pas un harpagon (personnage principal de *L'Avare*) ou un tartuffe (selon le nom du héros hypocrite du *Tartuffe*) ? Les principaux personnages de l'auteur sont en proie à une idée fixe : Argan, hypocondriaque, est tellement obsédé par la médecine qu'il en perd tout bon sens. Son égoïsme fait le malheur de sa famille puisque sa fille doit épouser un gendre conforme à ses souhaits. L'idée fixe du monomane est révélée lorsqu'il se heurte à un obstacle. Le héros refuse alors d'entendre raison, se bute et prononce des répliques révélatrices empreintes de naïveté et d'aveuglement. Ainsi, Béralde remet en question le pouvoir des remèdes administrés à son frère et Argan lui répond : « Mais savez-vous, mon frère, que c'est cela qui me conserve, et que Monsieur Purgon dit que je succomberais, s'il était seulement trois jours, sans prendre soin de moi ? » (p. 69)

- L'aveuglement dû à son hypocondrie le pousse à faire confiance aux mauvaises personnes : son épouse, manipulatrice, et les hommes de science, intéressés par son argent qui, selon Argan, le connaissent mieux que quiconque. Si ce dernier n'est pas un mauvais homme, son attitude est cependant égoïste : il ne pense qu'à sa maladie présumée, ses soins et ses médecins, en un mot : à lui. Il veut forcer sa fille à épouser un garçon insipide, mais médecin, et ne fait aucun cas de son frère qui tente de le raisonner, ni de sa servante qui cherche le bien de tous. Argan n'accorde aucune attention aux gens qui tiennent vraiment à lui.

LE COMIQUE DE MOLIÈRE

Si *Le Malade imaginaire* est une comédie-ballet, les scènes dramatiques sont destinées à faire rire le spectateur. Molière a recours à plusieurs procédés dramatiques pour atteindre ce but :

- le comique de caractère. Il s'agit de mettre en scène un personnage ayant une passion dominante et non raisonnable qui rejaillit sur ses proches. L'hypocondrie d'Argan conditionne toute sa vie et le pousse à marier sa fille à un médecin alors que celle-ci est amoureuse d'un autre homme ;
- le comique de situation est utilisé de plusieurs façons dans la pièce. Il est inspiré par la farce avec les fameux coups sur la tête que reçoit Polichinelle (personnage issu de la farce italienne) durant le premier intermède. Louison simule sa propre mort afin d'éviter des coups de bâton (acte II, scène VII). Les quiproquos sont aussi un ressort classique de comique de situation : Argan pense que Cléante est maitre de musique (acte II, scène II), Thomas Diafoirus débite le compliment prévu pour Béline à Angélique (acte II, scène V), Toinette déguisée se fait passer pour un médecin (acte III, scène X) ;
- le comique de mot repose sur le langage. Ainsi, les répétitions du mot « ignorant » par Toinette (acte III, scène X) ou, dans la même scène, le recours au faux latin (« Ignorantus, ignoranta, ignorantum »). Le jargon médical est aussi une source de rire avec la rime en « -ie » par

M. Purgon dans la scène v de l'acte III ou la stichomythie (échange rapide) entre les Diafoirus dans la scène vi de l'acte II.

À travers cette pièce, Molière nous livre une satire (critique) de la médecine et de ses représentants, pédants ou intéressés. Il se moque d'un discours incompréhensible pour le profane qui ne sert qu'à maintenir le malade dans un état de soumission face au médecin. Quand Toinette se déguise, elle tient un discours ridicule que le bon sens suffit à démonter. Argan s'en approche un peu car, pour une fois, il ne suit pas les recommandations du médecin et se garde de se faire couper un bras. C'est, pour Robert Abirached (écrivain et homme de théâtre, né en 1930), la clé des comédies de Molière : il « propose une image positive de la société [...] elle doit être établie sur la raison, la mesure, la liberté de l'individu, un ordre éprouvé par le bon sens » (ABIRACHED R., « Molière et la commedia dell'arte, le détournement du jeu », p. 226.).

LE MALADE IMAGINAIRE, UNE FARCE ?

Dans *Le Malade imaginaire*, le comique utilisé par Molière emprunte des éléments à la farce. C'est un intermède destiné à faire rire le public entre les différents épisodes des mystères du Moyen Âge, à les « farcir ». À cause de sa brièveté, la farce se doit d'être efficace : les personnages sont peu développés et relèvent de la caricature, le comique est grossier et essentiellement visuel avec des grimaces et des bouffonneries gestuelles.

La farce chez Molière est influencée par la commedia

dell'arte (farce italienne), plus complexe que la farce française. Elle reposait sur des intrigues plus élaborées que l'on peut retrouver dans l'œuvre de Molière :

« Il s'agit très souvent d'un ou de deux couples d'amoureux qu'un valet aide à tromper un père contrariant ou à berner un galant sénile. Les personnages sont des types conventionnels : le vieillard libidineux, les amoureux passionnés, le valet rusé ou balourd, le docteur pédant, le capitan fanfaron, l'entremetteuse avide, etc. » (GUICHEMERRE R., « Molière et la farce », in *Œuvres et Critiques*, numéro spécial, 1981, p. 112-113).

Ainsi, il est facile de retrouver les personnages de la farce dans *Le Malade imaginaire* : le vieillard, « père contrariant » est Argan, le couple d'amoureux (Cléante et Angélique) est aidé par une servante maline (Toinette), des médecins et apothicaires imbus de leur personne. Il n'y a pas d'« entremetteuse avide », mais nous retrouvons le personnage uniquement intéressé par l'argent à travers Béline, la seconde épouse.

LA MÉDECINE VUE PAR MOLIÈRE

La critique moqueuse de la médecine est un thème récurrent dans l'œuvre de Molière. De nombreuses pièces mettent en scène des personnages de médecins ridicules, pédants, inefficaces voire dangereux pour leurs patients. L'analyse de certains titres démontre en effet cette récurrence : *Le Médecin volant*, *L'Amour médecin*, *Le Médecin malgré lui*... Elles participent à une remise en cause de l'autorité des médecins qui prend sa place dans un mouvement sociétal bien plus large. Des philosophes comme Montaigne (1533-1592) ou Gassendi (1592-1655) témoignent déjà d'un rejet de la médecine de leur époque qu'ils considèrent comme inutile, voire nocive, bonne à encourager les craintes de leurs contemporains. Montaigne classe cette science parmi les « arts fantastiques, vaines et surnaturelles » dans les *Essais* (tome II, p. 770).

Ces attaques répétées contre la médecine et ses acteurs témoignent de l'absurdité d'une situation à l'époque classique : les découvertes scientifiques et technologiques se multiplient, mais les médecins restent attachés à l'héritage des médecins grecs Hippocrate (460-377 av. J.-C.) et de Galien (131-201 apr. J.-C.). Il existe peu de remèdes en dehors des purges et des saignées, censées soulager l'organisme. La controverse à propos de la circulation sanguine est un parfait exemple de ce que peut reprocher Molière aux médecins, et cela est remarquable dans la scène v de l'acte II quand Diafoirus annonce que ce qu'il aime chez son fils, c'est son amour aveugle pour la médecine des Anciens, et Thomas démontre son attachement en rédigeant une thèse « contre les circulations ». La découverte de la circulation sanguine et de son importance par William Harvey (médecin anglais, 1578-1657) en 1628 va remettre en cause un grand nombre de croyances et de pratiques.

Pour étoffer sa critique, Molière n'hésite pas à utiliser ce qui représente, à ses yeux, les symboles du médecin, par exemple l'utilisation du latin. Il détourne cette langue pour mieux ridiculiser ceux qui prétendent la connaitre. Le recours au latin, que seuls les médecins maitrisent, est un moyen de plus d'augmenter l'angoisse chez les patients qui ne comprennent pas ou peu le discours médical. Elle est aussi un signe des liens étroits entre la Faculté et l'Église, qui a interdit les dissections et freine ainsi la connaissance anatomique.

Le dramaturge sait aussi que la formation des futurs médecins est insuffisante pour qu'ils puissent dispenser des soins efficaces. Les études de médecine coutent extrêmement cher, à moins d'être fils de médecin (c'est le cas de Thomas Diafoirus qui ne semble pas assez malin pour exercer le métier de son père). De plus, ces étudiants suivent des cours essentiellement théoriques et c'est le chirurgien-barbier qui est chargé des opérations. Argan est intronisé médecin sans avoir suivi d'études lors d'une cérémonie burlesque donnée par des comédiens. Cette parodie reprend le déroulement de l'évènement tel qu'il est organisé par la Faculté : le candidat doit répondre à de nombreuses questions de la part de ses pairs. Molière parodie ce rituel en résumant toute la médecine de l'époque en quelques mots de pseudo latin : « Clisterium donare, Postea seignare, Ensuitta purgare » et utilise cette formule pour instaurer un comique de répétition. La fausse Faculté demande au « bachelierus » de faire le serment de ne pas recourir à des remèdes qu'elle n'aurait pas approuvés.

Le Malade imaginaire, dernière pièce de Molière, continue à intriguer aujourd'hui encore, et cela à plus d'un titre : les artistes sur scène, les chercheurs universitaires, mais aussi la critique littéraire et psychanalytique qui trouvent dans les personnages de l'auteur de fabuleux sujets d'analyse.

PISTES DE RÉFLEXION

QUELQUES QUESTIONS POUR APPROFONDIR SA RÉFLEXION...

- En quoi *Le Malade imaginaire* respecte-t-il le schéma habituel des comédies d'intrigue ?
- Quel objectif général Molière poursuit-il à travers toutes ses comédies ? Expliquez.
- Contre quoi Molière dirige-t-il sa critique dans cette pièce en particulier ?
- Pensez-vous que cette pièce ait pu choquer ses contemporains ? Justifiez votre réponse.
- Comparez le personnage d'Argan avec d'autres grands types de l'œuvre de Molière (Harpagon, Tartuffe, etc.). Qu'ont-ils en commun ?
- Que pouvez-vous dire des dénouements dans l'œuvre de Molière ?
- Quelle est la place et le rôle du stratagème dans *Le Malade imaginaire* ? En est-il de même dans les autres pièces de Molière ?
- Quel est le but des intermèdes musicaux dans cette pièce ?
- En quoi cette pièce relève-t-elle de la farce ?
- À votre avis, qu'est-ce qui a fait le succès de cette pièce, ainsi que de l'œuvre de Molière en général ?

Votre avis nous intéresse !
Laissez un commentaire sur le site de votre librairie en ligne
et partagez vos coups de cœur sur les réseaux sociaux !

POUR ALLER PLUS LOIN

ÉDITION DE RÉFÉRENCE

- MOLIÈRE, *Le Malade imaginaire*, Paris, Librio, 2009.

ÉTUDES DE RÉFÉRENCE

- ABIRACHED R., « Molière et la commedia dell'arte, le détournement du jeu », in Revue d'histoire du théâtre, n 36, 1974.
- ALLUIN B. (dir.), *Anthologie de textes littéraires du Moyen Âge au XXe siècle*, Paris, Hachette Livre, 1998, p. 148-160.
- DANDREY P., *La médecine et la maladie dans le théâtre de Molière*, Paris, coll. « Bibliothèque française et romane », Klincksieck, 1998.
- DUBARRY J.-J., « Médecins de Molière… Médecins et faux médecins de toujours », consulté le 07 novembre 2016.
- FORESTIER G., BOURQUI C. et PIÉJUS A., « Notice », in MOLIÈRE, *Œuvres complètes*, II, Paris, Gallimard, coll. « Bibliothèque de la Pléiade », 2010.
- GUICHEMERRE R., « Molière et la farce », in *Œuvres et Critiques*, numéro spécial, 1981.
- LAGARDE A. et MICHARD L., *XVIIe siècle. Les grands auteurs français du programme*, III, Paris, Bordas, coll. « Textes et Littérature », 1996.
- LANAVÈRE A., « Commentaire », in MOLIÈRE, *Le Malade imaginaire*, Paris, Librairie générale française, 1986.
- MAZOUER C., « L'émergence d'un genre : la comédie-ballet moliéresque », in *Loxias*, n°8, mars 2005, consulté le 24 octobre 2016, http://revel.unice.fr/loxias/index.

html?id=89.
- MONTAIGNE M. DE, *Essais*, Paris, PUF, 1965.
- SUDAKA-BÉNAZÉRAF J., « Commentaires », in MOLIÈRE, *Le Malade imaginaire*, Paris, Pocket, coll. « Classiques », 1998.

ADAPTATIONS

- *Le Malade imaginaire, téléfilm de Claude Santelli, avec Michel Bouquet et Dominique Labourier, France, 1971.*
- *Le Malade imaginaire*, téléfilm de Christian de Chalonge, avec Christian Clavier et Marie-Anne Chazel, France, 2008.

SUR LEPETITLITTÉRAIRE.FR

- Commentaire de la scène I de l'acte II du *Bourgeois gentilhomme*.
- Commentaire portant sur la scène II de l'acte III de *Dom Juan* de Molière.
- Commentaire portant sur le monologue d'Harpagon de *L'Avare* de Molière.
- Commentaire portant sur la scène IV de l'acte II du *Misanthrope* de Molière
- Commentaire portant sur la scène IV de l'acte V du *Misanthrope*.
- Commentaire portant sur la scène X de l'acte III du *Malade imaginaire* de Molière.
- Commentaire portant sur la scène VI de l'acte III du *Tartuffe* de Molière.
- Commentaire portant sur la scène IX des *Précieuses ridi-*

cules de Molière.

- Commentaire portant sur la scène I de l'acte I des *Femmes savantes* de Molière.
- Commentaire portant sur les scènes I et II de l'acte I de *George Dandin* de Molière.
- Fiche de lecture sur *Amphitryon* de Molière.
- Fiche de lecture sur *Dom Juan*.
- Fiche de lecture sur *George Dandin*.
- Fiche de lecture sur *L'Avare*.
- Fiche de lecture sur *L'École des femmes* de Molière.
- Fiche de lecture sur *Le Bourgeois gentilhomme* de Molière.
- Fiche de lecture sur *Le Médecin volant* de Molière.
- Fiche de lecture sur *Le Misanthrope*.
- Fiche de lecture sur *Les Femmes savantes*.
- Fiche de lecture sur *Les Fourberies de Scapin* de Molière.
- Fiche de lecture sur *Les Précieuses ridicules*.
- Fiche de lecture sur *Le Tartuffe*.
- Fiche de lecture sur *L'Impromptu de Versailles* de Molière.
- Questionnaire de lecture sur *Le Bourgeois gentilhomme*.
- Questionnaire de lecture sur *Dom Juan*.
- Questionnaire de lecture sur *L'Avare*.
- Questionnaire de lecture sur *Le Misanthrope*.
- Questionnaire de lecture sur *Le Malade imaginaire*.
- Questionnaire de lecture sur *L'École des femmes*.
- Questionnaire de lecture sur *Les Précieuses ridicules*.
- Questionnaire de lecture sur *George Dandin*.
- Questionnaire de lecture sur *Le Médecin volant*.
- Questionnaire de lecture sur Les Fourberies de Scapin.

ISBN version numérique : 978-2-8062-9077-9
ISBN version papier : 978-2-8062-9078-6
Dépôt légal : D/2016/12603/835

Avec la collaboration de Johanna Biehler pour l'études des personnages composant le corps médical ainsi que pour les chapitres suivants : « La comédie ballet », « Une comédie ballet devenue comédie » et « La médecine vue par Molière ».

Conception numérique : Primento,
le partenaire numérique des éditeurs.

Ce titre a été réalisé avec le soutien de la Fédération Wallonie-Bruxelles, Service général des Lettres et du Livre.

Retrouvez notre offre complète sur lePetitLittéraire.fr

- des fiches de lectures
- des commentaires littéraires
- des questionnaires de lecture
- des résumés

ANOUILH
- Antigone

AUSTEN
- Orgueil et Préjugés

BALZAC
- Eugénie Grandet
- Le Père Goriot
- Illusions perdues

BARJAVEL
- La Nuit des temps

BEAUMARCHAIS
- Le Mariage de Figaro

BECKETT
- En attendant Godot

BRETON
- Nadja

CAMUS
- La Peste
- Les Justes
- L'Étranger

CARRÈRE
- Limonov

CÉLINE
- Voyage au bout de la nuit

CERVANTÈS
- Don Quichotte de la Manche

CHATEAUBRIAND
- Mémoires d'outre-tombe

CHODERLOS DE LACLOS
- Les Liaisons dangereuses

CHRÉTIEN DE TROYES
- Yvain ou le Chevalier au lion

CHRISTIE
- Dix Petits Nègres

CLAUDEL
- La Petite Fille de Monsieur Linh
- Le Rapport de Brodeck

COELHO
- L'Alchimiste

CONAN DOYLE
- Le Chien des Baskerville

DAI SIJIE
- Balzac et la Petite Tailleuse chinoise

DE GAULLE
- Mémoires de guerre III. Le Salut. 1944-1946

DE VIGAN
- No et moi

DICKER
- La Vérité sur l'affaire Harry Quebert

DIDEROT
- Supplément au Voyage de Bougainville

DUMAS
- Les Trois
  Mousquetaires

ÉNARD
- Parlez-leur
  de batailles,
  de rois et
  d'éléphants

FERRARI
- Le Sermon sur la
  chute de Rome

FLAUBERT
- Madame Bovary

FRANK
- Journal
  d'Anne Frank

FRED VARGAS
- Pars vite et
  reviens tard

GARY
- La Vie devant soi

GAUDÉ
- La Mort du
  roi Tsongor
- Le Soleil des
  Scorta

GAUTIER
- La Morte
  amoureuse
- Le Capitaine
  Fracasse

GAVALDA
- 35 kilos d'espoir

GIDE
- Les
  Faux-Monnayeurs

GIONO
- Le Grand
  Troupeau
- Le Hussard
  sur le toit

GIRAUDOUX
- La guerre de
  Troie
  n'aura pas lieu

GOLDING
- Sa Majesté des
  Mouches

GRIMBERT
- Un secret

HEMINGWAY
- Le Vieil Homme
  et la Mer

HESSEL
- Indignez-vous !

HOMÈRE
- L'Odyssée

HUGO
- Le Dernier Jour
  d'un condamné
- Les Misérables
- Notre-Dame
  de Paris

HUXLEY
- Le Meilleur
  des mondes

IONESCO
- Rhinocéros
- La Cantatrice
  chauve

JARY
- Ubu roi

JENNI
- L'Art français
  de la guerre

JOFFO
- Un sac de billes

KAFKA
- La Métamorphose

KEROUAC
- Sur la route

KESSEL
- Le Lion

LARSSON
- Millenium I. Les
  hommes qui
  n'aimaient pas
  les femmes

LE CLÉZIO
- Mondo

LEVI
- Si c'est un
  homme

LEVY
- Et si c'était vrai…

MAALOUF
- Léon l'Africain

MALRAUX
• La Condition humaine

MARIVAUX
• La Double Inconstance
• Le Jeu de l'amour et du hasard

MARTINEZ
• Du domaine des murmures

MAUPASSANT
• Boule de suif
• Le Horla
• Une vie

MAURIAC
• Le Nœud de vipères

MAURIAC
• Le Sagouin

MÉRIMÉE
• Tamango
• Colomba

MERLE
• La mort est mon métier

MOLIÈRE
• Le Misanthrope
• L'Avare
• Le Bourgeois gentilhomme

MONTAIGNE
• Essais

MORPURGO
• Le Roi Arthur

MUSSET
• Lorenzaccio

MUSSO
• Que serais-je sans toi ?

NOTHOMB
• Stupeur et Tremblements

ORWELL
• La Ferme des animaux
• 1984

PAGNOL
• La Gloire de mon père

PANCOL
• Les Yeux jaunes des crocodiles

PASCAL
• Pensées

PENNAC
• Au bonheur des ogres

POE
• La Chute de la maison Usher

PROUST
• Du côté de chez Swann

QUENEAU
• Zazie dans le métro

QUIGNARD
• Tous les matins du monde

RABELAIS
• Gargantua

RACINE
• Andromaque
• Britannicus
• Phèdre

ROUSSEAU
• Confessions

ROSTAND
• Cyrano de Bergerac

ROWLING
• Harry Potter à l'école des sorciers

SAINT-EXUPÉRY
• Le Petit Prince
• Vol de nuit

SARTRE
• Huis clos
• La Nausée
• Les Mouches

SCHLINK
• Le Liseur

SCHMITT
- La Part de l'autre
- Oscar et la Dame rose

SEPULVEDA
- Le Vieux qui lisait des romans d'amour

SHAKESPEARE
- Roméo et Juliette

SIMENON
- Le Chien jaune

STEEMAN
- L'Assassin habite au 21

STEINBECK
- Des souris et des hommes

STENDHAL
- Le Rouge et le Noir

STEVENSON
- L'Île au trésor

SÜSKIND
- Le Parfum

TOLSTOÏ
- Anna Karénine

TOURNIER
- Vendredi ou la Vie sauvage

TOUSSAINT
- Fuir

UHLMAN
- L'Ami retrouvé

VERNE
- Le Tour du monde en 80 jours
- Vingt mille lieues sous les mers
- Voyage au centre de la terre

VIAN
- L'Écume des jours

VOLTAIRE
- Candide

WELLS
- La Guerre des mondes

YOURCENAR
- Mémoires d'Hadrien

ZOLA
- Au bonheur des dames
- L'Assommoir
- Germinal

ZWEIG
- Le Joueur d'échecs